編劇（ㄅㄧㄢ ㄐㄩˋ）說（ㄕㄨㄛ）：

「好笑王」倒過來唸就是我的本名了！
這個人怎麼把名字取成這樣，是不是很有事呢？

有事就有故事。
我是故事家，寫小說、劇本，也寫繪本。
最大的樂趣來源於蒐集別人的故事，最大的興趣
則是把這些真實發生的事，寫成另一個故事，
再說給更多人聽。

好笑王

插（ㄔㄚ）畫（ㄏㄨㄚˋ）家（ㄐㄧㄚ）說（ㄕㄨㄛ）：

小時候我就很喜歡在紙上塗鴉，
畫畫是我的日常，也是我生活中的一部分，
拿起畫筆我就能表達我自己。
可愛的東西是我的精神糧食，
可愛的圖可以療癒每個人，
因此我來創作兒童繪本，
希望能讓大家感受插圖的美妙！

魚魚

怪怪幼稚園
玩具分享日

插畫家 ➤ 魚魚 　　　　　　　　編劇 ➤ 好笑王

睡覺前，小吸血鬼將自己的番茄和草莓玩具收進書包裡。

該上床睡覺囉！

再等一下。

他確認玩具們沒有被書包裡的其他東西壓到，才放心的上床睡覺。

幼稚園每週都有這麼一天，叫作玩具分享日，大家都會帶著自己最心愛的玩具來玩。不過...

在這之前，
他們要完成怪怪幼稚園半天的學習。

練習寫數字

練習注音的發音

練習使用馬桶的方法

有人嗎？

誰要先上來
介紹自己的玩具呢？

我我我

小魔女拿出她的廚房玩具組，
她的袋子像是無底洞一樣，
不斷有東西跑出來。

接下來小狼鼓起勇氣和大家介紹他帶來的玩具，
原來是一根狗骨頭抱枕。

這是媽媽送我的生日禮物，
它毛茸茸、軟軟的，每次抱起來都
讓我感到安心，好像媽媽就在我
身邊一樣。

小吸血鬼小心的從小背包裡拿出帶來的玩具。
小朋友想著到底是什麼東西呢？
結果是一顆番茄和一顆草莓，小朋友們露出失望的表情。

關掉電燈之後，小吸血鬼摸了摸番茄，戳一下草莓。
神奇的事情發生了！

大ㄉㄚ家ㄐㄧㄚ都ㄉㄡ拿ㄋㄚ出ㄔㄨ自ㄗˋ己ㄐㄧˇ的ㄉㄜ玩ㄨㄢˊ具ㄐㄩˋ出ㄔㄨ來ㄌㄞˊ玩ㄨㄢˊ！
「怎ㄗㄣˇ麼ㄇㄜ大ㄉㄚ家ㄐㄧㄚ都ㄉㄡ只ㄓˇ玩ㄨㄢˊ著ㄓㄜ自ㄗˋ己ㄐㄧˇ的ㄉㄜ玩ㄨㄢˊ具ㄐㄩˋ？」
海ㄏㄞˇ妖ㄧㄠ老ㄌㄠˇ師ㄕ心ㄒㄧㄣ想ㄒㄧㄤˇ。

滾ㄍㄨㄣˇ呀ㄚ滾ㄍㄨㄣˇ

小狼逐漸失去對狗骨頭的興趣，一個不注意撞倒了晴娃！

小木乃伊一直看著小狼的狗骨頭。

「你想要玩嗎？」小狼說。

小木乃伊點頭。

小狼雖然有些依依不捨，但還是把狗骨頭借給了小木乃伊。同時，他拿到了晴娃這個新玩具！

你可以試著跟它說說話喔！

小魔女發現小狼和小木乃伊，
他們看起來玩得好開心喔⋯

我也好想加入他們

哈丫哈丫哈丫！

正當她這麼想的同時，小狼和小木乃伊朝她走了過來，「小魔女，我可以點一份番茄炒蛋嗎？」小狼問。

是誰要吃的呀？

是她！

「好的，等我一下。」
小魔女說完，開始展現起廚藝。

小魔女將想像中的菜餚分給小狼、小木乃伊，還有晴娃。

小吸血鬼擔心著和他們一起玩，就要把自己心愛的玩具借給別人了...
「他們會不會不愛惜我的玩具，把我的玩具弄壞呀。」
小吸血鬼看著手中的番茄想著。

要不要跟我們一起玩呀！

小吸血鬼不捨的垂下頭來：
「你讓我想一下……」

「好呀，那我先去邀請其他人囉！」
小魔女又蹦蹦跳跳的離開了。

沒過多久，小朋友們都被小魔女邀請了，除了自己的玩具之外，每個小朋友玩到了更多的玩具，有更多好玩的玩法。

教室變得鬧哄哄的，玩鬧的聲音漸漸傳到角落裡的小吸血鬼耳裡，忽然，他的番茄和草莓燈熄滅了……

這時小魔女再次經過小吸血鬼身邊，
卻看見他好像快哭了起來。

怎麼了呀，你怎麼了？

「它原本還可以發亮的，可是……可是……現在壞掉了。」
小吸血鬼沒有忍住難過的情緒，留下了眼淚。

小朋友們拉著小吸血鬼一起玩玩具。
他的眼淚慢慢停了下來， 把玩狗骨頭、 跟晴娃說話、
準備炒一道料理。

好！今日的廚師是
小吸血鬼！

小魔女帶著小吸血鬼一起做料理，
將他壞掉的番茄燈放在了菜餚上面，
最後用草莓燈做了一道甜點。

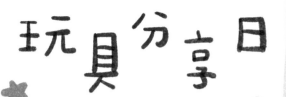

玩具分享日

小ㄒㄧㄠˇ吸ㄒㄧ血ㄒㄩㄝˇ鬼ㄍㄨㄟˇ終ㄓㄨㄥ於ㄩˊ笑ㄒㄧㄠˋ了ㄌㄜ˙，
原ㄩㄢˊ來ㄌㄞˊ大ㄉㄚˋ家ㄐㄧㄚ一ㄧˋ起ㄑㄧˇ玩ㄨㄢˊ玩ㄨㄢˊ具ㄐㄩˋ這ㄓㄜˋ麼ㄇㄜ˙開ㄎㄞ心ㄒㄧㄣ，
這ㄓㄜˋ就ㄐㄧㄡˋ是ㄕˋ分ㄈㄣ享ㄒㄧㄤˇ的ㄉㄜ˙快ㄎㄨㄞˋ樂ㄌㄜˋ！

怪怪幼稚園 玩具分享日

書　　　名　　怪怪幼稚園-玩具分享日

編　　　劇　　好笑王

插　畫　家　　魚魚

封 面 設 計　　魚魚

出 版 發 行　　唯心科技有限公司

　　　　　　　地　　址：台北市松山區八德路三段247號五樓之一

　　　　　　　電　　話：0225794501

　　　　　　　傳　　真：0225794601

主　　　編　　廖健宏

校 對 編 輯　　王孝豪

策 劃 編 輯　　王孝豪

出 版 日 期　　2023/01/31

國 際 書 碼　　978-986-06893-9-6

定　　　價　　370元

版　　　次　　初版一刷

本書內文使用的ㄅ源泉注音圓體

授權請見https://github.com/ButTaiwan/bpmfvs/blob/master/outputs/LICENSE-ZihiKaiStd.txt